S0-BZO-357

Date: 11/20/18

SP J 599.55 RIG
Riggs, Kate,
La manatí /

PALM BEACH COUNTY
LIBRARY SYSTEM
3650 SUMMIT BLVD.
WEST PALM BEACH, FL 33406

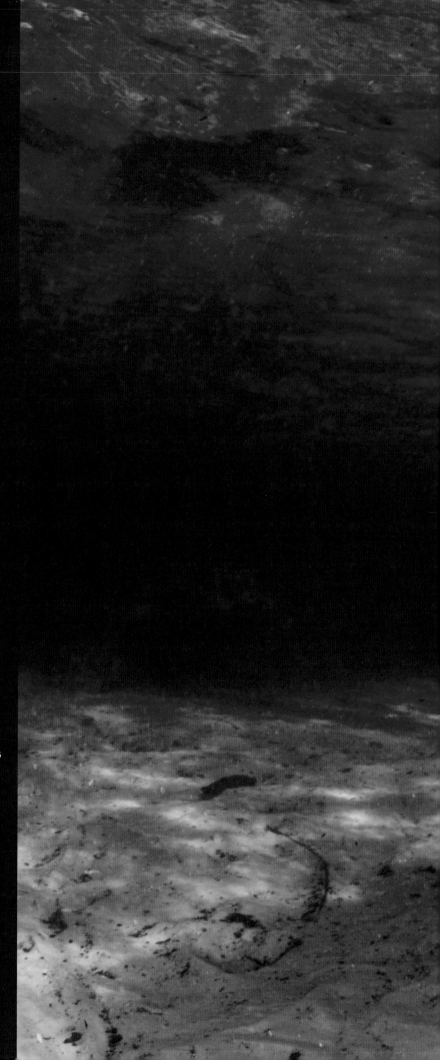

Publicado por Creative Education y Creative Paperbacks
P.O. Box 227, Mankato, Minnesota 56002
Creative Education y Creative Paperbacks son marcas
editoriales de The Creative Company
www.thecreativecompany.us

Diseño de The Design Lab
Producción de Chelsey Luther
Dirección de arte de Rita Marshall
Traducción de Victory Production, www.victoryprd.com
Impreso en los Estados Unidos de América

Fotografías de Alamy (All Canada Photos, David Fleetham,
Jeff Mondragon, Stephen Frink Collection, WaterFrame),
Dreamstime (Greg Amptman, Michael Wood, Lianquan Yu),
Getty Images (Awakening, James R. D. Scott), iStockphoto
(ShaneGross, NaluPhoto), National Geographic Creative
(BRIAN J. SKERRY)

Copyright © 2018 Creative Education, Creative Paperbacks
Todos los derechos internacionales reservados en todos
los países. Prohibida la reproducción total o parcial de
este libro por cualquier método sin el permiso por escrito
de la editorial.

Información del Catálogo de publicaciones de la Biblioteca
del Congreso is available under PCN 2017935166.
ISBN 978-1-60818-935-9 (library binding)

9 8 7 6 5 4 3 2 1

PLANETA ANIMAL

EL MANATÍ

KATE RIGGS

CREATIVE EDUCATION · CREATIVE PAPERBACKS

Las aletas curvas del manatí le permiten girar y dar vueltas en el agua.

El manatí vive en aguas cálidas.
Existen tres **especies** de manatíes.
El manatí del Caribe puede ser visto
en las costas de la Florida y en el Caribe.
Los otros manatíes viven en África y
América del Sur.

especie grupo de animales parecidos (o muy relacionados)

El cuerpo del manatí está cubierto de cerdas. Estos pelos cortos ayudan al animal a percibir su comida y otras cosas. El labio superior del manatí está dividido en dos partes. Cada parte se mueve como un dedo para agarrar la comida.

Las cerdas en el hocico del manatí son especialmente sensibles.

Los manatíes son animales grandes. Algunas personas los llaman "vacas marinas." Muchos pesan un promedio de 1,200 libras (544 kg) y miden hasta 13 pies (4 m) de largo. El manatí del Amazonas es la especie más pequeña. Por lo general, no pesa más de 1,000 libras (454 kg).

El manatí del Caribe puede pesar hasta 3,000 libras (1,361 kg).

El manatí prefiere las aguas cálidas por encima de los 68 °F (20 °C). El manatí nada moviendo la cola y las aletas frontales. La mayoría de los manatíes tienen uñas en las aletas. Ellos hunden las uñas en la arena para "caminar" bajo el agua.

A pesar de su gran tamaño, los manatíes tienen poca grasa y se enfrían con facilidad.

Los manatíes aguantan la respiración. Ellos buscan plantas acuáticas. Las mastican con seis muelas grandes.

Los manatíes comen diariamente una cantidad equivalente al 10 o 15 por ciento de su propio peso.

El manatí hembra saca a sus crías a la superficie del agua para ayudarlas a respirar.

Por lo general, el manatí hembra tiene una **cría** a la vez. El recién nacido pesa entre 60 y 70 libras (de 27.2 a 31.8 kg). La cría nada con su madre. Se alimenta de su leche y de plantas por unos dos años.

cría manatí bebé

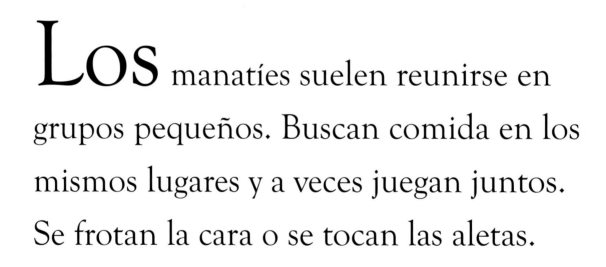

Los manatíes suelen reunirse en grupos pequeños. Buscan comida en los mismos lugares y a veces juegan juntos. Se frotan la cara o se tocan las aletas.

Un grupo grande de manatíes se llama manada.

Los manatíes pasan entre seis y ocho horas buscando comida. Ellos duermen entre 8 y 10 horas diarias. ¡Un manatí dormido puede aguantar la respiración por 20 minutos! Pero luego necesita respirar.

El manatí normalmente
aguanta la respiración
de tres a cinco minutos.

Algunas personas nadan con los manatíes en la Florida. Ellos flotan en el agua y los manatíes se mueven a su alrededor. ¡Es divertido ver de cerca a estos gigantes gentiles!

El manatí nada con lentitud y se mueve a unas cinco millas (8 km) por hora.

Un cuento sobre los manatíes

¿Qué relación tienen las sirenas con los manatíes?

La gente de Portugal tiene un cuento sobre esto. Hace mucho tiempo, una tormenta lanzó a un hombre fuera de su barco. Una sirena lo salvó cerca de África. Él le pidió a la sirena que regresara con él. Ella se hizo un abrigo grueso para poder nadar en aguas más frías. Pero el hombre no pudo regresar a buscarla. Desde entonces, ella sigue nadando por las costas de África en forma de manatí.

Índice